渾沌の鬱

馬場あき子 歌集

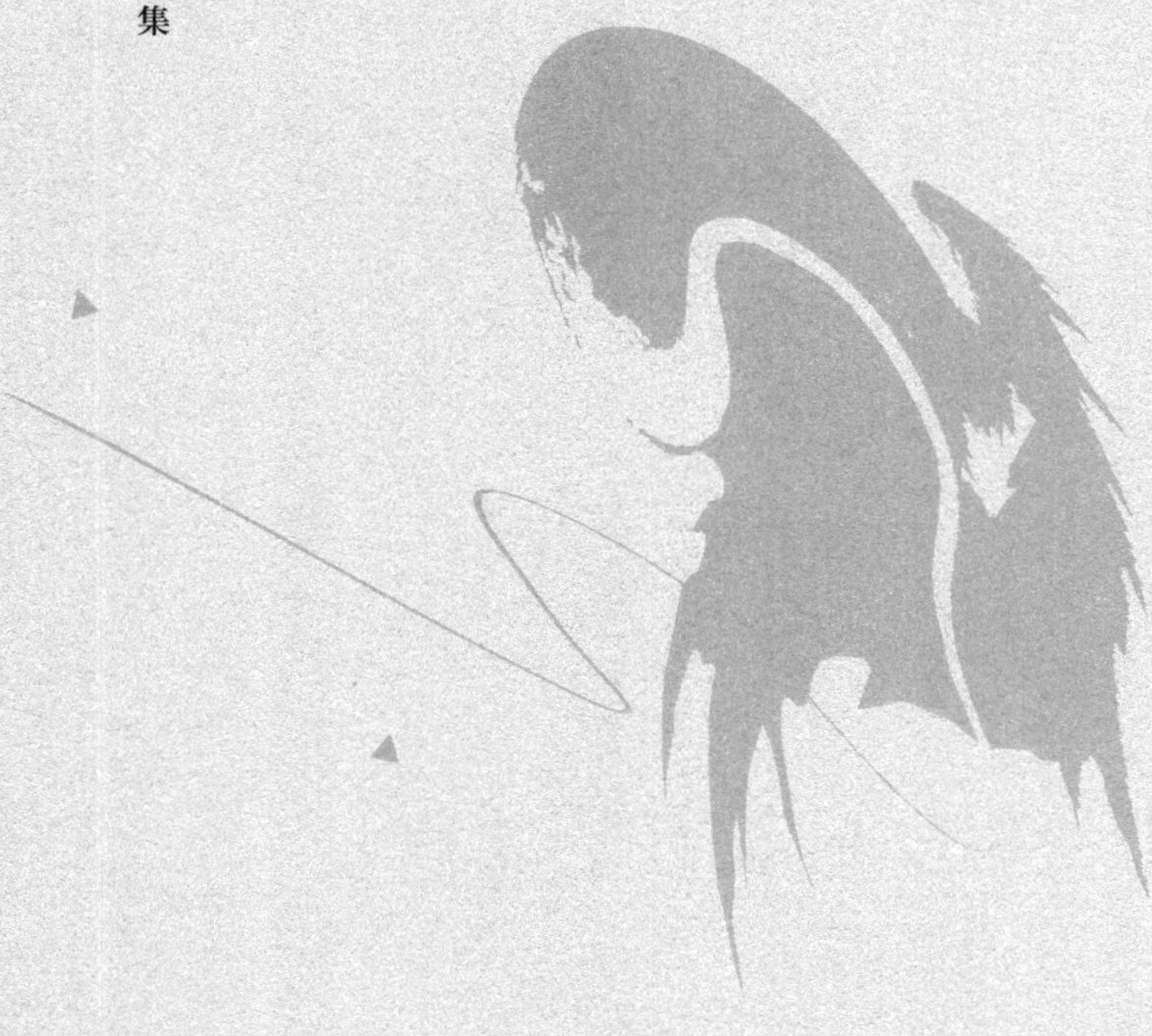

砂子屋書房

*目次

装本・倉本　修

歌集　渾沌の鬱

牡丹を切る

牡丹切つて遠雷の庭たちまちに暗しざつと来る雨を待つのみ

真紅のぼたん朱鷺いろの牡丹たちまちに蹂躙
しゆく雷雨の声す

怒りをうたへ女神よといひしホメロスの言葉
あかあかと散るか石榴は

請ふも盗むも心ありとは花のこと春の大虹を
見しのちのこと

風出でてほのかにそよぐ若櫨《はぜ》の羽葉《うえふ》やはらか
し野鳩鳴かせて

青豆

青豆はゑんどう豆なり鉢植ゑに花咲けば碧い
ユーラシア晴れ

お湯殿の上の日記にはかりそめの御膳に「ゐんどう」まゐるはつ夏

豆の種もちて帰化せし隠元の豆の子太り信濃花豆

花豆は隠元の豆太き斑《ふ》は虎なり小さきは鶉と
よばる

越びとはひとりむすめといつくしみ出羽びと
はだだちゃの豆と尊ぶ
＊だだちゃ……お父さん

枝豆も数あるなかにこれやこの金のうぶ毛を
もつだだちゃ豆

志ん生が豆をはさみし箸づかひまねてわが食
ぶる名月の豆

渾沌の鬱

こんとんにこんとんとんの鬱こんとんとんの怒りあり
いとかなし渾沌

＊「荘子」に登場する面貌なき帝王

物思はぬ存在として暑き日を終へたり夕餉ゆたかにあらん

水無月の大き茅の輪をくぐるころ惻々と暗しひともくらしも

沙羅白光石榴赤光梅雨ひと日落ちとどまらず
ことば尽くせず

不連続線列島沿ひに居座ればこ意志つよく白い
霧雨きたる

晴れ女といはるるわれの雨好きは知られじ冷え冷えと霧雨の傘

紫陽花にゐる蝸牛《かたつむり》進化してなめくぢになるときをかなしむ

身を包む服にあまたのぼたん穴ありて秘密を
閉づる指先

鬱とした藹気ふくらます森ありてこのままで
いいと言つてはゐない

妖怪の世に生れたるゆるきやらは地位低き妖怪の踊りするなり

夕暮れのまゆみしづかに日をこぼしゆるきやらも老いゆく嘆きあるらん

ゆるきやらの群るるをみれば暗き世の百鬼夜
行のあはれ滲める

わが町の高砂タクシー保持車輛二十八台なり
今日もわが乗る

高砂タクシー鶴亀松公園ぬけてゆく可笑しけれどもいふほどもなし

テーブルの花を隔てし出会ひにて夕顔の能のこと問ひたまふ

「夕顔の花はふたたび咲かめや」といふくだりこまやかに答へてゐたり

桜の仲間に博打《ばくち》の木あり負けまじき粗肌ぬぎて夏に入りゆく

朝光にやつと出会つた蠅一匹太き身を畳に置きゐて飛ばず

価値なきは安らけきかなと荘子言へり　地獄をすみかと言ひし唯円

熱鬧《ねったう》の八月銀座の石畳敗戦の日の土より熱し

タトゥーある肩をみせたる夏服の少女激流の

ごとすれちがふ

「死ね」と叫びてゆくデモ許しゐる国に少年は「死ね」といたぶられ死ぬ

夏の夜をかそけき螢落ちゆける草むらは暗し草むらとして

夕餉の菜問へば豆腐がよきといふひと日を終
ふるさびしさのやう

かぶと虫駅の柱に打ち当り死にたる異変われ
ひとり見る

クイックタトゥーの写し方教はる少女らのう
しろに立ちて覚えたり可笑し

ぬりゑの仔馬ひたすら赤くぬりつぶしおばあ
さん子といはれ育ちぬ

馬のやうな犬のやうな牛をまつ黒に描いて丙《へい》
といふ評価受けたり

熱帯夜熱く汚るる猫の声あな暗し生くるうつ
つは地獄

朝顔は咲くや咲かずや眠られぬ烏羽玉はふう
はりと膨らめる闇

雀来《こ》ぬ朝あり鵯来る夕べありどこへもゆかぬ
われが見てゐる

山はは

山母《やまはは》は白鳥山のやまはらに藤むらむらと咲かせ笑へり

山ははの里三十里藤の花咲きてほのけく早苗そよげる

山ははに会はむと上路《あげろ》の山に入れば朴の花咲く白き谷みゆ

青杉の森のなかはら薦《こも》敷きて山ははと酌む冷酒三升

山母は遠《とほ》世《よ》声《ごゑ》して山藤の太《ふと》蔓《づる》くだし乗れといざなふ

山母はぶらんこ好きと人はいひ日向に虱取りしと伝ふ

夏の鳥獣

跳ぶ兎その耳長くなびかせて草に沈めばぴん
と立つなり

南関東熱暑に沈む夜の更けを百合の香ゆれて
猫遊ぶらん

嬰児《あかご》のやうに鳴く鳥ゐて空あをし異界に着き
しごとく目ざむる

玲瓏たる螺旋音階すきとほり黒鶫鳴きポポー
の木立つ

滅びたるかと思ひしみんみん蟬鳴きてみどろ
なる池に夏ぢから湧く

戦争を辞書で引いても死者の数出てゐる辞書
はいたく少なし

愚民といふことばほほゑみ思ふらん為政者は
けさクールビズなり

メロン太り西瓜太りてまんまんたる夏のここ
ろにうたた寝をする

天に上る雲雀の夢など見なくなりゆめは死者
ばかりなる熱鬧の街

嘴太の空と雀の空ありて雀は雀の空より下りる

のぞく

猫はのぞく鼠ものぞくそののぞくこころすこ
しくちがひてあはれ

何でもよいといへど何でもよくはなくなやましき夕餉の包丁ひとつ

晩夏の夜雨蕭々と寄りきたる言霊のごとき音きくわれは

魂はけふすすき野の空にゐたりしがうつし身
いわし焼きをりわれは

ソガノクラヤマダイシカハマロのたまかすか
にて仏頭に宿るほほゑみ

声明《しやうみやう》の声はるかなる大陸をわたる風あり仏頭
めざむ

凌ぐ

初秋の大雪山を打つ氷雨いたくさびしき死の
声ぞする

誰れびとかここに死にたる大雪山秋草低きところ水湧く

木乃伊仏鉄門海上人夢にきてわれに触れたり接心のごと

北窓は一夜の雨に濃きもみぢ小さき守宮生き
淩ぎゐつ

台風は南大東島にありてわが庭の石榴すでに
落せり

ひそかにひそかに馬酔木が用意してゐたる青
い花穂を過ぐる台風

葡萄摘む

中伊豆は一望千里ぶだう畑その上を動く霧なかの月

鋭《と》きはさみもてわれの摘むシャルドネの鬼胎
のごとき重きひと房

ほのぼのと薄やみほどけゆくなかに葡萄つみ
をりすべて老いびと

明くるまの薄きあかりに葡萄摘む老いびとのむれ老いびとの群

薄あかい大きな月が上りきてシャルドネの青い歎きききをり

鬱金光ぶだう畑に月させば累々としていたまし収穫

老いぬれば身にもてあます心ありてこたへなき月光ゆゑにしたしむ

妄想をたのしむよはひきてをりぬ若きたれかれの十年ののち

お笑ひ芸人ばかり出てゐるテレビにもつきあふ今宵ありて十五夜

じだらくにあらず倦怠にもあらず老いて折合
はぬ心とからだ

やることはいつぱい抱へてやりたくない怠慢
の心愛す秋の夜

こほろぎが玄関にゐて玲瓏の秋しんしんと身を侵しくる

老いの自覚うすけれど秋の虫は鳴き背よりほのかに寒しこよひは

地獄の門

満月はそしらぬ顔で空をゆきはやく終りをきめよといへり

萩の花満開の庭明るきにわれ老いてあり手指よごれて

石榴落ちて野分ゆきたるのちの風北斗かがやくまでをみせたり

杉森の底より上る満月は地獄の門のごときを照らす

ここ過ぎて老とは永遠《とは》の憂ひなれわが前にロダンの地獄門立つ

いまがもし最期《いまは》なら何といふべきかくれぐれとして鴨の鳴く声

ここ過ぎて苛嘖にあはん老いたれば地獄の門をくぐるほかなし

出で入りに肩にふれたる萩の葉も散りはてたればただだに括らる

ここ過ぎて浮かぶことなきよはひみゆ地獄の門のひらく音して

冬来たりあらはるるものあはれなり涸《から》びし守
宮、百足のたぐひ

棘つよき黄薔薇は太き茎立ててまつすぐなら
ず新年は来ん

みんなみのあやご童謡《わざうた》死の殻を脱いで変若《をち》か
へる蟹をめでたり

みんなみの月夜の蟹は年とらず古い殻脱いで
若がへるなり

若月が満月を抱いて上るといふ妖しく美しき
空の記録は

地球照といふ現象を説きくれぬ若月に添ふま
たの望月

若月よりみれば天変のごと明るしと地球のひかり愛《かな》しからずや

瀬戸の島にて

うるはしき牝鹿を恋ひてさ牡鹿は海を渡ると
いふ波の音

さ牡鹿は背《せな》に霜おく夢をみぬ牝鹿を恋ひて道
に射られき

瀬戸の海赤きあきつも渡るなりほれぼれとわ
れの輪郭溶くる

渡り来し因島かくれ水軍の旗もなびかず山鳩啼けり

瀬戸の海眠るとみえて対流のただならぬ渦をみて戻りきぬ

須磨明石こころづくしの秋もなし瀬戸の島《しま》回《み》
に魚食ひ遊ぶ

瀬戸昏れて家忘れをる女酒更けてしみじみ家
をかなしむ

ぎんなんを炒る

焚火といふ曲を鳴らして灯油売る車は去りて
猫あらはれぬ

ぎんなんを炒るをんなの手よろこびてぎんな
んは転びときに弾ける

はうろくはいつの日たれの残しもの秋の日わ
れがぎんなんを炒る

焼く匂ひさまざまあれどししやも焼くけむりに人待つをんなかな吾れ

柳葉の散るをかなしむ神ありて北海の魚となりにし柳葉魚

猫なんかが来てわれを見る窓の外いま書いて
ゐる手紙もうぢき

杖をつく老びと見ゆるさりながらあれはわが
夫《つま》角を曲り来《く》

うちのひと今日は夕餉をつくるといふ豆腐も
あるしまづはあんしんしん

なかなかあけぬ夜もあるなりさまざまな言葉
ただよふ闇にわが住む

腰痛く手痛きわれが芋虫のやうに寝てをりこれからが冬

バブルだつたが

バブルだつたがミニスカートでにつぽんは戦
争をしない国だつた日日

きみがよはうたはなくてもバブルでもいまより国を愛してゐた日

からたちの意外に大き実を見たりきもちよきほど無愛想なり

もみぢいよいよ燃えて一切まにあはぬ我のひ
と日を笑ふうつくし

腐蝕する指をかなしむ夢のなか汽水のひかり
まならに来る

まな板

空港の物産市で何でもまあまな板などを買ふの
かわれは

桑の木のまな板はその刻み音よきなりむつつり鴨がみてゐる

桑の木のまな板でする七草の音のうれしも霰降る音

青レモン囓りて少ししぶかせぬ酸ゆし八十以
後の生とは

まな板を干せば無数の傷みえて去年より今年
へ年改まる

年の白玉

茶の花を切ればつめたしあらたまの年の白玉

咲かんと動く

ほのかなる新桑繭《にひくはまゆ》の背綿《せわた》着て老いとは何ぞ年改まる

零《ゼロ》にもどる心と零から生むこころ同じではないが今日のわれあり

周到な用意などないこんな世にやつぱり滑る
うすら氷の道

もうだめよなどと元気を出してゐるすぱりす
ぱりと大根切つて

雪　燦・惨

きさらぎの枝にゐる鳥ゐない鳥なかでも細く
痩せしひよどり

深き夜を走る車内に眠らんとうつむけば惨たる靴は群立《むらだ》つ

眠りをる蝶の時間に雪は降り柚子も黄なる明りを落す

大雪になるといふ丘のわが家は小麦粉のやうな雪にけむれり

「もしもし」といふへんな言葉は低音で心通はすはじまりにある

※二〇一四・二・一一朝小高賢急逝の報

うそのやうに小高賢すつとゐなくなり雪しん
しんと本所両国

あつと息呑み立ち上がりきく小高の死卓上の
朝茶倒し声なし

何ですつて、何がどうしたと問ひ直す小高の
死「本当です」と声はしづまる

大雪が埋めゆく歳月あるやうな中にみづみづ
と故人ほほゑむ

大雪に延期するものかずかずの中に静かにす
すむ葬りは

元気だつた人さへ不意に死ぬる生《よ》をわが負ひてゆく歳月の雪

枇杷はもう諦めて頂の実を腐《く》たしうぢうぢと立つ大雪のあと

七日たつても溶けない雪の下にゐる花芽の牡
丹救出したり

雪浴びし椿の葉つやを取り戻しいちおうここ
まできましたといふ

*

春の帽子わたしのは濃いえんじ色もう颯爽と
は歩かないです

春なんか幾めぐりきても思ひ出の青春はにがく戦後であつた

いくさ敗れてはじめてききしハローといふ音声明るくて心まどへり

桃の枝にももちろん似合ひ木瓜にさへうまく
なじんで鶯来てゐる

託卵されたほととぎすの卵はどうしたの鶯は
初鳴きの子を連れてゐる

たつた五センチ土から伸びた芍薬のくれなゐ
よ空がぐうんと広がる

冬牡丹

冬牡丹咲きてましろく散るまでのうちに雪降り人にも逢はず

冬牡丹部屋に咲かせて人遠きわれの齢《よはひ》に思ひ
至るも

冬牡丹咲きてだあれも来ない部屋もう散るの
ですはい、はい、さりと一つ

冬牡丹咲きて忘我といふ時間なけれどそんな
嘘はつきたし

多摩川のささなみ広き冬の色ものの思ふらんそ
を釣りにゆく

小さき鮒冬を生きをり釣りたしと思はねどゆく釣る川あれば

人はふと糸につながる絆ありて魚を釣るなりさびしきものを

二月の出会ひ

人はだんだん言葉を求めなくなつてわたしも
ニコニコマークで証す

ニコニコマークで伝へるさびしさ何ならんしらない鳥がなぐさめにくる

きさらぎの月夜の青い庭ですから古いアイロン台なども立つてゐます

ごろごろと土にころがる植木鉢きさらぎ月夜
にふと浮かび出る

何にでもなれる人間と毀れた椅子月夜の庭に
だまつて出会ふ

窓の向うに梅の花二つ咲いてをり今朝こまやかにからだも動く

小文といへど亡き人のことばかりかいて生き残りゐるはわれなり

初節句のみどり児ありとみられつつ雛店にゐるやさしかりける

さあゆつくりここにしやがんで椿の花落ちて逃げだすだんご虫みん

人を待つ思ひ忘れねどふうはりとはや散りそめて紅梅の土

人間でなくてもよくて迦楼羅の面被つて奈良を歩きたし春

何があつてもをかしくないのが春なのだ鳥の
姿で乗りくるをとめ

杏の花咲いた枝から下りてくる猫　あつとい
ふ出会ひともに驚く

化粧のもの

思ひあまり太き溜息つきしとき人は振りむく
いづこもつらし

をんなのかほ濃くもうすくもおほひゆくおし
ろいといふあやしきものは

化粧水乳液などを吸ふといふあやしき膚をも
てるいきもの

清少納言紫式部の化粧術いかなりし晴れて桜
見る日は

老いぬれば眉引乱れむつかしき面妖のこと知
る齢となる

ぶつぽふそう

木草みな花芽若葉芽ほどく日を身は心ほど動かざるなり

さくら咲く春のまほらをつつぬけに元気みづみづとゆく救急車

杏の花咲きてうら若き感情のかへること春のさびしさならん

あれが噂の画眉鳥と知る春の午後白き眉垂れ
鳴かざる憎し

鳳来寺山の闇に仏・法・僧を呼ぶ小さき小さ
き木葉木菟あはれ

ぶつぽふそうほぼ滅びたり録音にその声きけば涙ぐましも

録音ながら聞けばはるけしぶつぽふそうカラマーゾフを読みし夜に似る

パルムの僧院に静かな涙ながしたる十八歳の
われか八十六歳

湯谷《ゆや》渓《だに》の無限混沌の闇に鳴く木菟《づく》の声ひと夜
ほうほうといふ

覚悟なき生の憂ひに添ふごとき木葉木菟ひと
夜ききて帰りぬ

かみ切虫

かみ切虫は何をかみ切るくろ髪を切ると大顎
われに向けたり

るりぼしかみ切お前はとうに絶滅し梅雨雲切
れて青き天見ゆ

一滴を目より入れんと空仰ぐ抒情のごとし空
にある湖《うみ》

虎の尾を踏むこともなし古びたる庭に虎の尾
は白く咲き出づ

柄の長いすみれ色の傘ふと開き猫町に入るや
うな夕暮

八匹の猫とくらして幸福な友はときどき歌を
詠むとぞ

高椅子に腰かけて見る雨の街ひとときき永遠の
やうな時間が

ごまふかみ切虫久しぶりなり南天の枝にゐて
梅雨の霧間あかるむ

かみ切虫つかんで見せた少年は白髪となりあ
の井戸もなし

女らの昔の井戸の主《ぬし》のごとゐたりかみ切虫と
いふおそろしき虫

葡萄の花

ぶだうの花咲いて雨なり鎮めおきし腎臓結石
動くけはひす

一振りに雨のしづくを切りしとき梔子が匂ふ
思ひ出のやうに

交番に走り込みたり大雷雨年寄りなれば労《いたは》ら
れをり

そのいのち思へば絶滅危惧種なり鰻なき夏あやめも咲かじ

雨降れど水馬《みづすまし》ゆく川の面かすか明るむ六月の午《ひる》

わが窓のやもりはどこへゆきたるか雨に惑へる白き蛾がゐる

みしみしと毒だみ茂りまつすぐに鼻より腹へ透《とほ》る毒の香

はかどらず

梔子が咲きてつせんが咲くころの雨はむかし
の窓の香がする

風すぎてそよごの花の匂ふとき戦争もできる
国となるにつぽん

はかどらずはかどらずただ雨が降る蕁麻疹手
に広がるけはひ

思ふことさへも忘れてゐし螢庄内の稲に露のごとゐる

庄内の田代川辺の草むらの螢は淡し手をさし入れぬ

水をゆく白鷺の脚のうすみどりなまなまし異
界のもののいろあや

街川のにごりに鯉と亀は棲み鋭き嘴をもて鷺
進入す

虫たちと別れる月

からたちは多産系なり棘の枝にゆららゆらら
に実る玉なり

からたちの小道を問へば白秋の金の実りはゆすり笑ひす

黒蝶とみれば翔《た》ちたり窈窕たる雪の色みするあさま一文字

水之尾口暑し暑しと下りくればば顔に触れとぶ
からす揚羽は

からたちにひそめる揚羽大きくてかそけき音
あり白秋の道

人のかほより虫のかほ晩夏なつかしく夢にみるおほぜいのばつたのかほ

虫のにほひする少年がゐたころの夏に会ひたし虫買ひにゆく

みの虫はちちよと鳴かずははよとも呼ばず震災四年目の秋

手を振りて「じやあね」といひて別れきぬ「また」とはとほいとほいいつの日

さまざまなぶだうを食べて目も口も葡萄いろ
なる夕やけにあふ

不死なるもの秋の光をみよといふいくとせも
みつさびしき色なり

丈のびてしだれてやはく花こぼす萩の門けふは大き月みゆ

萩の花くれなゐ眠るま夜の空ただ月渡るほかなにもなし

はろばろと十五夜の月上れるを空爆を拡大するといふ空

語ることばしだいになくなりぽつねんと茫々と物を思ふ蓑虫

なか秋の月夜も過ぎて門前にむらがる蟻をつひに殺せり

ふなっしーはゆるきやらなれば拒否権を持たざれば海にも入りてものいふ

ふなっしーは言葉もつゆゑ卑しとも面白しと
もいはれ働く

もう少し頑張つてみますなどといひ別れしの
ちをどつと眠りぬ

山ぼふしまつかに実り役立たずの烏きてそを
落して遊ぶ

去年のこと忘れてしまひ悲しきにきのふのこ
とは忘れて笑ふ

木犀が匂ひますねといひたれば思ひ出がある
のですねといたはられたり

木犀は幸ひふかき片思ひ匂へる秋をしみじみ
とかぐ

失恋の香とよびをりし梔子も実れり悪しきばかりではなく

秋しづか膳に一椀の汁ほしといふ夜となりぬ芋煮はじめん

秋風に思ふふるさと味噌の香のなまづ汁あり
無気味なるなり

新人は新鮮のひと赤い靴履いてかがやくひと
夜楽しも

つどひありて身の盛りびと見てありぬ静かな
秋の闇を背にして

人間より不思議なものはないといふそのふし
ぎ齢《よはひ》たけて知りゆく

うからなき仏らしづかに合掌す国宝館の秋の
夕ぐれ

鹿つれてやはらかき春日野の芝を踏む飛ぶ鳥
の明日香までも歩かう

秋の時間

時間あれば終りあるなり序之舞をみれば終り
なきわが思ひあり

なか秋の凪いだ空気の広やかさ蟬の子はもう
土に入りしか

空港に欠航の巨体うち並び憮然たりその質を
打つ雨

ずぶ濡れのクロネコが来てずぶぬれの来る年
の暦渡されてゐる

いなごといふもの久しく食べず昔なるかの黒
きもの炒りて食《た》うべん

ざくろ落ち柿落ち大きぼけの実の一つかがやくつるべ落しに

発《た》つてしまへば誰のものでもなき鳩の餌付けせしものに残るその巣は

言はない方がいいのに言つてしまふことさは
やかな秋の日のわが病《やまひ》

うるしもみぢおそしおそしといひゐしが一夜
真紅の心あらはす

太陽をみつめつづけて死ぬ病なしとはいはじ
かなしきものを

うづら飼ふ友のもて来し小さなる卵は夕《ゆふべ》の菜
に煮られぬ

人間がどんどん卑小になる都市の高層のはざまの木蔭にゐます

拾ふ木の実は

坂下の小学校の門に立つむくろじの落ち実拾
はんと行く

むくろじの落ち実は何ぞその中にありて恋しき追羽根の玉

秋闌《た》けて拾ふ木の実は何々と数ふれば寒ししだいにひとり

ぎんなんを踏みたるにほひ全身にもちて光の
街に踏み入る

秋の陽のぎんぎんとして沈むまで大蟷螂はぬ
れ縁にをり

おのれさへ忘るるほどの明媚の香もえて木犀の鎮まりがたし

小啄木鳥《こげら》きてつつく桃の木その奥に何を逃れて潜みゐる虫

ほととぎすの落し文やで拾うたらあかんと教
へしおばあさまなりき

多摩川のボート干し上ぐる立冬の河原に来れ
ば犬集ひゐる

川なかに漕げば小春の川風ははつとするほど
の氷雨の香あり

人老いて転倒すなりまさびしきひとりの痛手
撫でてかなしむ

今朝のこころ明るし世の中あかるからず山茶
花切つて庭より上がる

何せうぞくすんでなどとうたひたるあれは老
いたる遊女なるらん

ぎんなん

ぎんなんはレンジの中でぽんといひ越乃寒梅
いよよ眠れぬ

さざんくわが咲いてゐたのでといふことが約
束忘れた理由になれば

さざんくわはつばきの子なりそんなことどう
でもよくてどつと咲き散る

逃がるるも耐ふるも技を仕掛くるも土俵ぎは
なり魔ものゐるなり

負け力士引き上げてくる顔みればああ人生は
しみじみ深し

たましひは老いてかなしきものならん武州柿
生に上る満月

茶の花は白玉のごと静もりて月に知られず陽
にも目見えず

月光が昨夜《きそ》みてゐたる白玉の茶の花二つ今朝
ひらきたり

あやまちのやうに抽出の中にゐた守宮の木乃
伊あはれ小さく

虫たちはことごとく土に入りたればわれに似
合へるひとりの炬燵

なにしてゐます

芭蕉より一茶に人気ありといふフランスにけ
ふ初雪が降る

青い光の街を幻想的といふさびしい冬の未来
のやうな

冬ざれの川は巷を低くゆき澱みに生きる鯉を
わが見る

高齢の魚は大魚のかがやきすうたびとも老いてたまにほめらる

南より来しねずみ冬を寒がりて家に入らんと雨戸かじれり

まだ小さき若ねずみきれいな毛並して居間を
走れりあつと仰天

ねずみの嫌ふ匂ひありといふその匂ひ家中に
満ちねずみかわれは

大雪のふるさとわれにあるやうで無しなきやうで有る雪を思へば

降り沈む雪は音なくにひがたの街たひらかになして更けたり

こまやかに降り出して大河に消ゆる雪永遠と
いふ時間のやうな

ひとり居の人なき日向もしもしとわれにでん
わす何してゐます

われさへやまぼろしとなるけはひして背より
かげろふたててをりたり

十三束《ぞく》三《みつ》伏《ぶせ》といふ矢飾られてはるかなる乱世
の鬨の声湧く

げんきげんきとうた声流すスーパーに鮪切られをり見んと思はねど

葱買ひて戻れといへり葱下げて帰る道暗し葱にほはせて

吹きだまり

吹きだまりの一角ありて黄や赤の思ひ出のやうな木の葉あつまる

吹きだまりはよき匂ひして落葉どき猫は踏み
ゆき犬は嗅ぎゆく

柿生の里の珈琲店には二三羽のすすきみみづ
くゐて人を見る

高齢の烏は柿の木に居りてガァーと濁れりわれを敵とす

あかつきごとに木の葉蹴散らす烏ゐて冬のひもじさ絢爛とせり

柊花

花咲けど柊《ひひらぎ》は甕《かめ》に挿すことなし思ひ深くてひしひしと棘

眼のちから落ちゆくわれか柊は花咲きて忘る
鬱たる棘を

母を亡くしし人より届くかぶらずしその亡き
母の賜ひしごとく

立春の水飲みて羽ふるはする鶲みてをり受話
器取りつつ

沈む明星

歌よみはいはば非正規集団なり春近き公園の
ベンチに坐る

織月より遠くはなれて落ちゆける宵の明星の
沈むまで見つ

冬深き多摩川の鈍重の色割りて魚を食べんと
鷗群れ来る

また海鼠買つてしまへりむつつりとこんもり
とるるいのち深けれ

これが霜これが大寒の庭の霜山茶花も咲けず
萎む深霜

朝のひかりさつと入りきて鳥影の動くカーテンのこちら朝餉す

歯切れ悪くなるこそ齢にんげんの本質の善本質の悪

青き芽の萌え出づる春をよろこびてもぐら一筋走れり今朝は

青草は生ひ広ごりてわが足に蛇が生れしことを告げたり

よく笑ふ友あり少し疲れつつ笑ふ力につきあひてをり

走り去る景色みながら駅弁を食べてゐる夢見てゐて覚めず

稽古足袋つくろふ夜の満ちたりし昔は消えて
ただ春がくる

三十七年上つて下りて柿生坂右も左も家となりたり

家・家・家、家とはつひに何なのか家々静か
に老人住めり

啓蟄の蜘蛛

啓蟄の蜘蛛はめでたし小さなる異形を這はす
卓上の朝

昆虫にもあらざる異形這ひ出でて生きにくき
世の糸吐きにけり

うすらかに梅花散り積む窪みより若きみみず
の香はゆらぎくる

たんぽぽの子ははやばやと旅にゆき春の野に
立つ一本の茎

年々に牡丹を呉るる人ありて牡丹七株芽吹き
人老ゆ

十八史略ダイジェスト版手に取れば紀元前なる黄砂大陸

長い長い紀元前なり桃の花咲き散り春秋戦国終らず

紀元前の乱世の大地ゆく体軀思へば孔子の未知なる凄さ

小猫ひと日預つてひと日乳などをやりたり空しきものにもあらず

雛の日のスーパーに蛤売られゐて二つ買ひきぬ家族のふたつ

雛の夜は蛤の汁吸ふならひ秘儀のごと吸ふを雛は見てをり

雛の夜の椀に沈める蛤のやはらかき肉に箸ふれにけり

眠剤の切るるときのま見る夢はつねあわただしいづこへか発つ

寝室を別にしてより更くる夜の儀式となりし握手たのしも

飼ひ猫のやうな貌して縁がはに寝にくる猫ありわれに薄目す

猫は猫さりながら猫老いぬれば雀らは近き米
を啄む

さきがけて咲きたる木瓜の花の客ひなあられ
など食うべてわれは

黄帝より堯・舜・禹までは学びしか戦争となり長く忘れき

またゆくであらうやすくに黒づくめ一味徒党のざくざくの脚

水漏れてゐる音すると気がつけば雨となりゐつ花を打つ雨

幕間

春の夜の夢にしづかに幕は下り幕間はみじかしといふ声のする

きぬのやうな春の夜の雨につつまれて兎跳び
とべない夢をみてゐる

たかんなは生れんとしつつ燦爛と飛ぶ竹葉の
春のいたまし

戦争で死んだ叔父なり若きまま千鳥ケ淵に桜みてゐる

ソフトクリーム祭りのやうに晴れやかに千鳥ケ淵は満開の花

ゆつくりと目的に近づくたのしみといふにあらねど鈍行に乗る

半月板壊れた痛み引きずつて鉢の下なる団子虫にあふ

そつと泣くこともむかしはあつた泣くことの少
なくなりしわれを憎しむ

をはりよからず

杏の木にトラ猫がゐる昼下り老人は捜されつ
れ戻される

若いものにはわからないことをひとり笑ふまでに老心成長したり

何事もをはりはつひによからずと自らいひて深くうなづく

落つる音梅も杏もはつなつの土にほのかにひびきてあはれ

人間の微細な行動一つ一つ記してみれば無気味なり人は

蓑虫は鳴かねど守宮は鳴くといふ月に妻よび
鳴くはかなしも

銀座の柳

銀座に柳はまだあるかねと聞かれゐる夢にゐ
るのはおとうさんですか

服飾コーナー一廻りしてピアスあり成女のお
しるしのやうな耳の穴

昭和とは何であつたか国家とは何を強《し》ひたか
焼けた桜よ

軍国の少女のわれが旋盤をまはしつつうたひゐし越後獅子あはれ

歌舞伎座は閉鎖されたり少女われ昼夜なく交替し兵器作りゐき

昭和がもつた十年戦争のあとしまつできずに
記憶の森に夏来る

青葉濃くかぐはしけれど沖縄のいまは苦しき
昭和九十年

痛みの季節

雨風とからだの因果はた絆身の弱り目に湧き
くる痛み

台風は痛みとともに身を過ぎて北方海上に出でて笑へり

杏の実梅の実ともに青坊主実るため地に落す
半分ほどは

眉つくる鏡をふかく覗く朝枇杷は実りて夏がきてゐる

七つの子育ててゐるや滅びゆく森にひもじく鳥さわぎて

防人のふるさとであつたわが丘よほととぎす鳴けどオスプレイ飛ぶ

特急あずさ激しく揺れて疾走す集落は丁寧に田を植ゑはじむ

若き日の若き師を思ふことありて山青ければ
静かにかなし

師は老いてわが手を握りたまひたりなすすべ
もなし人焉るとき

眠り猫のやうにやさしい冬瓜の体毛ひしひし
とわれの手を刺す

畑から穫りて帰れといはれたる冬瓜は全身刺
にして待つ

夕ぐれ早し

チャンネルのどれにもお笑ひの人はゐて顔見知りのやうな夜をいとへり

年たけてわれはこのごろろくなものかいても
をらず虫の本よむ

ばんねんの時間はゆつたりゆるやかにゆけど
ふしぎに夕ぐれ早し

お宝鑑定に出すものもなし不用品からげて連
休を働きてをり

河川敷三塁あたりひばりの巣ありし記憶に野
球みてゐる

吹き溜りの角なるわが家近隣の花の季《とき》逝く便り手に受く

アポロの蝶

ふしぎなり身をいたはれば面白きことのさま
ざま色うすれゆく

人生の三十年ほどは嫁なりき老いそめて姑の
やうに物いふ

しやらの花ぽとぽと落ちて白い庭かうなれば
どうでもよいことばかり

身の衰へややに精神におよぶこと知るこれ以上深きものなし

山法師の花みな落ちて梅雨深し傘さしてわれは歩み出せり

ほのかなる思ひ残れどわたすげの花ののちな
るもの白きのみ

ジュラ紀よりスイスに立てるジュラ山に蝶と
りにゆく人と酌む酒

この花やアポロウスバシロ蝶が吻《くちづ》くるマンネ
ングサです白い花です
アポロシロ蝶ゐない日本のマンネングサ今年
の夏もうすき黄に咲く

ホメロスの死のきはの唇《くち》より翔ちゆきしアポ
ロの蝶を誰もしらない

生きつぐやなほ

ふくしまのヤマトシジミはどこまでゆく開張
二十五ミリのあをき翅ひらき

放射能濃きに生きつぐ五年目の蝶の幼虫の食草はなに

柳津《やないづ》の虚空蔵《こくぞう》さんの申し子のキマダラルリツバメ生きつぐやなほ

ぽつちりとともしびのやうな火の色を身にもつ蝶は草に沈めり

狂言師東次郎さんは虫のひと蝶を語れば詩の空のひと

脊椎なき蝶はつよきかされどああ被曝の地《つち》の
食草に寄る

苦しむ時代あつといふ間にはじまりて無口に
坐る太りし猫は

真夏日の椿の照り葉ゆわゆわと催眠術師となりて近づく

強行は政治の奥儀ほんたうにやるつもりなのだほのか笑つて

あんのんと七〇年もあんのんと生きてきぬ九
条よさうだつたのだ

茱萸坂をうねり上れる人波を見つつ車の中な
りわれは

海越ゆる飛行機雲に手をふりし元気はそんな
に昔だつたか

機嫌よく勇み足するを癖としてさるすべり咲
く頃を約せり

このごろはせぬこと多しよきワインあらば飲ませよ秋がはじまる

若きらにまじれば心はなやぐを連れだちて若きらは若き彼方へ

また一人亡くなりわれは生き残る戦場のごとし老いて生くるは

友の死に一瞬こころ驚けどのち静かなり老いたる人は

思ふことおゝくゝふゝなればほうゝとあらん思想を
越えし思想のごとく

シャンパンの泡ひちひちと消えゆきて浅きゆ
めみるゆゑ老いもせじ

門前を掃く音がする夏の闇そつと聞きをり明日も暑きや

妖怪の時間といふものありといひ幼子はまじめに眠りに入れり

抱かれしことなき母の手を思ふ肺病みて力あらざりしその手

真盛りのおしろい花の群落に淡い記憶の母しやがみをり

たつた一日母と飲食した記憶ゆめのごと夢に
あらず残れる

雨ののち秋にじみくる涼しさに百均に入りて
マッチを買へり

墓参りの線香ともすだけのためマッチはありてその火なつかし

柿生坂萱草白百合ほととぎす螢袋は螢をしらない

つくつく法師鳴いて静かな夕餉なり山椒を打つ二つの皿に

わが庭を黒揚羽よく通るなり眼の端に見てそれともいはず

もらひたる鳶尾《いちはつ》はまた暑き日のガス検針の人に踏まれぬ

ゆたゆたと酸漿あかき一束の秋を手にせりさきはひふかし

あとがき

若い日に読んだ『荘子』の中に出てくる渾沌の逸話がいまも忘れず心に残っている。しかもだんだん身にしみるものがある。それは、「応帝王　第七」に出てくる逸話だが、暗喩としていろいろなことが考えられる。その話は次のようなものだ。

南海の帝王を儵《しゅく》といい、北海の帝王を忽《こつ》といった。そして中央にある大陸の帝王が渾沌であった。渾沌は面貌をもっていなかったが人徳があった。ある時、儵と忽とは渾沌の地に行き、三者相まみえて語りあったが、渾沌は心を尽して二人を歓待し、二人はその恩がえしに何ができるかを考えた。その結果、渾沌にもふつうの人間がもつ七穴（視＝二眼、聴＝二耳孔、息＝二鼻孔、食＝口）を穿ってお返しをしようということになり、二人は毎日一穴ずつを穿っていったところ、七日に成り七穴が完備するとともに渾沌は死んでしまったのである。

暗喩的な存在としてみる渾沌は、耳鼻のない、いわばかたちのない大いなる無秩序だと考えられている。あらゆる矛盾や対立もそのままに抱えもって、まさに渾沌そのものを正の形として茫洋と存在する世界である。儵や忽の常識によって壊され、死に至らせたこの紀元前四世紀の逸話には、そのまま現代の危機も潜んでいそうな凄さがある。渾沌を知らない読者が多かったので記してみた。

この歌集は二〇一三年の春から二〇一五年の秋のころまでの歌をおさめている。『記憶の森の時間』に続く第二十六歌集になる。

この歌集の時代に重なる二〇一四年二月に長年の友であった小高賢が急逝した。私よりは十六歳年下であったが、「かりん」の仲間としても、また個人的にも、直接な挑発力をもった人物がいなくなり、心に隙間ができたことは否めない。

彼は毎月二十首ほどの短歌を私に選歌させた。そのうち七首を定例として採ったが、あとの歌は、私に、ともかく近況を知っていてほしいというかのような、個人的な憤りや、リアルな世の中への雑言であった。こんなにいろいろなことに憤っていては苦しすぎないかと思いつつ読んだ。それを取っておけば、小高賢論のかくれた一級資料だったのに残念である。

それはそうとして、この歌集が砂子屋書房の「シリーズ現代三十六歌仙」の一冊として刊行されることはたいへん喜ばしい。すでに刊行されたものも多いので、遅ればせながら出来上がるのが楽しみである。文末ながら田村雅之さんに御礼申し上げます。また久しぶりに倉本修さんが装丁をして下さるという。たのしみに待ちたいと思う。

二〇一六年八月十四日

馬場あき子

初出一覧

牡丹を切る　「かりん」二〇一三・八
青豆　「かりん」二〇一三・一〇
渾沌の鬱　「短歌」二〇一三・九
山はは　「かりん」二〇一三・七
夏の鳥獣　「現代短歌（創刊号）」二〇一三・九
のぞく　「かりん」二〇一三・一一
凌ぐ　「かりん」二〇一三・一二
葡萄摘む　「現代短歌」二〇一四・一
地獄の門　「歌壇」二〇一四・一
瀬戸の島にて　「星座」二〇一四・一
ぎんなんを炒る　「短歌」二〇一四・一
バブルだつたが　「かりん」二〇一四・一〜二
まな板　「梧葉」二〇一四・一
年の白玉　「朝日新聞」・「短歌研究」二〇一四・一
雪　燦・惨　「短歌往来」二〇一四・五
冬牡丹　「文藝春秋」二〇一三・三
二月の出会　「かりん」二〇一三・四〜五
化粧のもの　「かりん」二〇一四・四

ぶつぽふそう　「かりん」二〇一四・六〜七
かみ切虫　「現代短歌」二〇一四・九
葡萄の花　「文藝春秋」二〇一四・八
はかどらず　「かりん」二〇一四・八〜一〇
虫たちと別れる月　「短歌」二〇一四・一一
秋の時間　「つばさ（同人誌）」二〇一四・一二
拾ふ木の実は　「短歌研究」二〇一五・一
ぎんなん　「短歌」二〇一五・一
なにしてゐます　「うた新聞」二〇一五・一
吹きだまり　「現代短歌新聞」二〇一五・一
柊花　「朝日新聞」・「かりん」二〇一五・一
沈む明星　「短歌研究」・「かりん」二〇一五・三
啓蟄の蜘蛛　「歌壇」二〇一五・五
幕間　「抒情文芸」二〇一五・四
をはりよからず　「かりん」二〇一五・五〜六
銀座の柳　「短歌」二〇一五・六
痛みの季節　「かりん」二〇一五・七〜九
夕ぐれ早し　「かりん」二〇一五・一〇〜一一
アポロの蝶　「現代短歌」二〇一五・九
生きつぐやなほ　「短歌」二〇一五・一〇

新かりん百番　一〇〇番
歌集　渾沌の鬱
二〇一六年一〇月二七日初版発行
著　者　馬場あき子
発行者　田村雅之
発行所　砂子屋書房
東京都千代田区内神田三―四―七（〒一〇一―〇〇四七）
電話　〇三―三二五六―四七〇八　振替　〇〇一三〇―二―九七六三一
URL http://www.sunagoya.com
組　版　はあどわあく
印　刷　長野印刷商工株式会社
製　本　渋谷文泉閣